바람길

•

신용교

바람길

펴 낸 날 2022년 12월 23일

지 은 이 신용교
펴 낸 이 이기성
편집팀장 이윤숙
기획편집 윤가영, 이지희, 서해주
표지디자인 윤가영
책임마케팅 강보현 김성욱
펴 낸 곳 도서출판 생각나눔
출판등록 제 2018-000288호
주   소 서울 잔다리로7안길 22, 태성빌딩 3층
전   화 02-325-5100
팩   스 02-325-5101
홈페이지 www.생각나눔.kr
이 메 일 bookmain@think-book.com

• 책값은 표지 뒷면에 표기되어 있습니다.
  ISBN   979-11-7048-505-6(03810)

바람길
·

신용교

생각나눔

1장

망아(忘我)

2장
지금 저 바람 소리

3장
적막의 소리

4장
신호등

●●●

1장

망아(忘我)

가을 유혹

서늘한 바람이 귀밑머리를 날린다
갑자기 머나먼 하늘 밑을 거닐고 싶다
그래서 햇살이 따스한 어느 오후
강물 소리 서늘한 어느 산등성이에서
파란 하늘 향해 죽어나 보고 싶다

가랑잎은 지천으로 떨어져 쌓였고
바람은 강기슭에 웅크린 별도 없는 찬 밤
쩡쩡 골 울리는 얼음 터지는 소리
나는 하나의 주검이 되고 싶다.

꽃샘추위

날이 꽤나 쌀쌀합니다
추위에 떨고 있는
저 봄꽃들은 어이하나요

산야는
날로 푸르러 가는데
마음 속엔
아직도
찬 바람이 서성입니다

망아(忘我)

누구도 찾지 못할 시간 속으로
상처 아린 가슴을 다독이며
아지랑이 아롱대는 푸른 들판을 지나
낙엽 지는 석양빛 산그늘로 갑니다

돌아보며 또 돌아보며
살구꽃 핀 세상은 꿈결처럼 포근한데
눈물로 재촉하는 더딘 발걸음이
못내 서럽습니다

세상 누구도 찾을 수 없게
가슴 후벼낸 피맺힌 세월의 흔적들에
한숨 어린 참회로 검은 날개를 달아
별도 없는 밤하늘로 날려 보냅니다

행여나 내 마음이 바뀔세라
더 이상 나도 나를 찾지 못하게
텅 빈 가슴에 홀로 남은 내 이름마저
마지막 눈물 한 방울로 하얗게 지웁니다

주인 없는 빈껍데기 가슴은

섣달 왜바람에 이리저리 날려 다니다
바람머리 서산마루 나뭇가지에라도 걸리면
날선 칼바람에 흔적 없이 흩어지겠지요

나도 나를 찾지 못할 시간을 찾아
이 밤도 홀로 어둔 산을 넘습니다

인연

꽃은 피고 바람이 분다
하늘은 푸르고 구름은 하얗다

어느 것 하나
자기 자리가 아닌 것이 없고
바르지 않는 것이 없다

그 속에 시간은
수많은 인과 연을 정치하게 엮으며 지나간다

시간과 공간이 엮이는 저 장엄한 소리!
나는 어떤 색깔
어떤 모양으로 엮이고 있는가?

약속

까만 세상에
드문드문 불빛이 반짝인다

멀리 차가 한 대
작은 불빛을 끌며 지나간다

이렇게 모두가 잠든 사이에도
세상을 지키는 작은 불빛이 있고,
누구는 이 밤을 달려
지켜야 할 약속이 있나니

언제쯤에나

'나는 어디서 와서
또 어디로 가고 있는가?'

시작도 없이 시작된
나의 여행은 어디에서 끝이 날까?

언제쯤에나
고단한 신발 끈을 풀고
저 창공으로
자유의 나래를 펼칠 수 있을까

삶

오늘도
깜깜한 무명의 벽을 더듬는다

녹음의 계절

햇살 좋은
6월의 오후!

건너편 산이 성큼 다가와 앉고
싱그러운 풀 내음이 보챕니다

가자!
저 푸르름 속으로

비 오는 아침

비 님이 오십니다

가만가만 내리더니
창문 가득 빗물이 흘러 내립니다

'어제 내린 비'의 그 여린 곡조 위에
노랫말이 새잎마냥 파릇파릇 돋아납니다

창도 흐르고
바깥의 경치도 흐르고
내 마음도 흠뻑 젖어 흘러내립니다
그리움 되어

부모님

천 리 길을 달려 부모님을 뵙고 왔습니다

고향집 뒷길에서 하직 인사를 드리고 오면서
사이드미러에 비친 두 분의 모습이
황량한 들판의 잎 떨어진 두 그루의 고목 같아
울컥했는데…

동구 밖을 지날 때까지도
부모님은 자리를 뜨지 않고 계셔서
차마 횡하니 내리막길로 내려서지 못했는데…

부디 강건하시옵길…

비 님

창문에 아직
어둠이 가시지 않은
새벽입니다

발자국 소리가 있어
조용히 귀 기울이니
반가운 비 님이
문밖에서 서성이고 있네요

아침 햇살

햇살이 번져오는 아침!

이 햇살은
멀고 먼 우주 공간을
외로이 달려왔겠지요

무엇을 얘기해주려고
그리도 훠이훠이 달려왔을까?

가을 햇살

가을 오후!
온 산하에 반짝이는 햇살

갑자기 세상이 넓어지고
모든 것이 느려졌다.

건너 붉은 산자락에
하얀 억새가 바람에 흔들린다

이 빛나는 계절!
그 산사의 말라버린 연꽃잎 위에도
햇살이 따사로울 것이다

오늘

우리는 어디서 왔으며
어디로 가고 있는가?

천년을 거슬러 올라가도
오히려 옛날이 아니고
만년을 흘러가도
그날은 오늘일 것이다

결국 우리는
오늘 와서
오늘을 살다 오늘 가는 것이다
오늘이 우리 삶의 전부다

나는 지금
잘 살고 있는가?

아직

초봄의 오후

지하철 대합실은
으슬으슬 한기가 돕니다

겨울 패잔병들이
봄볕에 쫓겨
모두 지하로 내려온 모양입니다

그래도 이 한기로
계절의 끝을 잡고
시간을 조금은 자위해봅니다

노익장

조 상무님은 나의 오래된 지인이다
올해 칠순인데도 육십 대 초반으로 보이는
건강하고 자기관리가 철저한 분이다

유머러스하고
나이에 연연하지 않고
열 살이나 터울이 지는 나와 격의 없이
잘 어울려주시는 분이다

가진 것 별로 없으면서도
항상 당당하고 밝고 즐겁게 생활하신다

'내가 저 나이가 되면 과연 저럴 수 있을까?'
장담할 수가 없다

닭 한 마리 요리를 시켜놓고
소주 두 병을 마셨는데
내가 3잔, 나머진 상무님이 다 드셨다
전혀 술 마신 기색이 없다

부디 건강하시길!
그리하여
오래도록 저의 빛과
소금이 되어주시길

이 새벽에

멀리
고속도로를
달리는 차 소리가
아련히
들려옵니다

어디로
무엇 때문에
저리 바삐 달려가는지

점점 멀어져가는
소리

이내 적막이 내리고
궁금도 잠결 속에 잠겨가는
새벽입니다

붉은 해의 전설

새해가 되었습니다
이렇게 깜깜한 삼경 야밤에
새해가 왔습니다

눈에 보이는 것만이
전부가 아닙니다
이 밤도 저 어두운 산을
한사코 오르는 야인이 있습니다

가시덤불 어둠을 더듬은
피어린 손가락으로
뭇 생령들의 실낱같은
희망의 빛들을 긁어모아

기어코 새벽을 열고
해를 깨워
동산 위로 밀어 올릴 겁니다

간절한 새해의 소망만큼이나
오늘 아침 해는 더 붉을 겁니다

새벽 단상

새벽!

항상
설렘으로
눈을 뜬다

오늘은
또 무엇이
나를 기다리고 있을까?

봄 뜰

또
해가 뜨고
바람이 붑니다

심상한 일상
봄 뜰에

꽃은
살을 찢는 아픔으로
세상을 열고 있고

새싹은
연둣빛 맨살로
흙과 사투 중입니다

봄볕이 따스하게 감싸며
속삭입니다
"조금만 더 힘내!"

단풍잎

벌써
조석으론 쌀쌀합니다

나뭇잎은 아직 녹음몽인데
하늘은 높아지고
햇살은 달아졌습니다

이러다
어느 날 새벽 찬 서리에
우수수 낙엽이 될까 걱정입니다

차라리
저 저녁노을 빛으로
활활 산화하기를

석양

오늘도
서산에
해는 걸리고

산그늘
긴 그림자에
으스스
한기가 느껴진다

마지막
한숨처럼
내뱉는
저녁 햇살에
단풍잎이 붉다

어디로 가고 있는가

또
한 해가 가는 소리가
여기저기 요란합니다

이렇게 시끌벅적하며 가야
새해의 첫 햇살이
더 산뜻하게 느껴지겠지요

가고 오고!
우리는
길게는 생을 넘나들며
작게는 출근과 퇴근
그렇게 헬 수 없는
왕복 길을 걸은 후
도착할 종착지

수도 없는 오늘을 지나고
헬 수 없는 어제를 만들면서
끝없이 달려드는 현실과 싸우면서
내가 가는 곳은
어디일까요

오늘도
잘 가고 있는지

있을 때

큰 걸음으로 달려가자
저 태양이 너무나 붉지 않느냐

석양에 바쁘지 말고
저 태양이 이글거릴 때
힘껏 달려나가자

있을 때 잘하자

한 해의 마지막 날에

오늘이 가면
한 해가 옵니다

되로 주고 말로 받는
수지맞는 장사!
대박입니다

나는 크고는 있는지

서산에 해가 집니다
하루가 가고 있습니다
나의 한 생이 저물어갑니다

나는
날마다 밤에 죽고
새벽에 태어납니다

새벽마다
설렘으로 눈을 뜨고
밤엔 회한을 다독이며
눈을 감습니다

나는 왜 태어났을까
나는 왜 사는가
나는 어디로 가고 있는가
시시때때로
떠오르는 물음도
세풍에 넘어지지 않으려
애쓰다 보면
그냥 흘러가는 망상이 됩니다

오늘도
해는 지고
지친 다리를 이끌며
집으로 향합니다

이렇게 끝없는 왕복
그래도 나는 크고는 있는지

설렘

밖이 새하얗습니다

어린 시절
눈을 오면
가슴이 설레던 때가
생각납니다

고이고이
간직하고픈
소중한 마음입니다
나지도 죽지도
더하지도 줄지도 않는
원래
청정무구한 이 물건은

지금도
붉은 심장
내 가슴에서
뛰고 있습니다

아들의 첫 선물

생일!

명기 놈이 난생처음
생일빔으로
구두와 화장품을 사왔다

항상 손 안의
자식이라 생각했는데

어느새
나보다 더 넓은 가슴으로
내 앞에 서 있다

선물

새해입니다
빛나는 선물입니다

일 년이란
백지를 앞에 두고
마냥
마음이 설렙니다

멋있게
그려갈 겁니다

번뇌

콩나물은
물을 자주 주지 않으면
잔뿌리가 많아진다

우리 마음도
그러하다

끊임없이 관조하고
가꾸지 않으면
어느새
무성해지는 번뇌

• • •

2장

지금 저 바람 소리

허망한 하루

일요일!
하루 종일 바빴습니다

새벽부터 구장에 나가
월례대회를 치르고
오후에는 결혼식장 참석에
친구들과 술 한 잔까지

집에 오니
해는 지고
방안에는 벌써 전등불이 환합니다

내가 무엇을 하고 있는지

본향

고향은 생각만 해도
가슴이 훈훈해지는 곳입니다

그러면서도 한편으론
뭔지 모르게 마음이
아픈 곳입니다

그런 고향으로 새벽바람을
맞으며 내려갑니다

고향은 그런 곳인가 봅니다
갈 수밖에 없는 곳

전생에 전생을 거슬러
처음
여행의 신발 끈을 조인
나의 본향은 어디일까요

달빛

거실에서 잠을 자다
새벽에 잠을 깨니
베란다 문으로
달빛이 들어와 있다

언제부터 내 머리맡을 지키며
깨어나기를 기다렸을까

기다림에 지쳐 졸고 있는
달빛이 놀랄까 봐
조심스레 일어나 앉아

전등불도 켜지 못하고
내가 그의 머리맡을 지키고 있다

무룹

시집갈 봄은
치장도 하지 않은 채
마음만 들떠
어리바리 새신랑 여름을
덜렁 데려왔다

하객들이 아직 도착하지 않았는데
결혼식 팡파르가 먼저 울린 느낌
어수선하다

에고, 더워!

꽃비

꽃이 집니다

꽃이 피지 않음에
조바심을 낸 것이
그저께인데
벌써 꽃이 집니다

바람이 붑니다
보름 새벽달 꽃그늘에
우수수 꽃비가 쏟아집니다

시간 유감

'시간이 간다'
'시간은 간다'

시간 뒤에 붙는
주격조사가
두 개나 되는 것이
한스럽습니다

세월이
저만치 앞서가네요

삶이란?

삶이란 무엇일까?

밤새 비가 내린 아침!
물살이 거센 개울에
개구리 한 마리
풀잎을 붙들고
숨을 헐떡이고 있다

실행

말은 바람일 뿐이다

산을 움직이겠다는 구념(口念)보다는
한 줌의 흙을 직접 퍼 나르는
실행(實行)이 더 요긴하다

화려한 외관보다는
내면을 더 정갈하게 닦을 일이다

이 구업을 어찌할꼬!
그래도
새벽바람은 시원하다
이리 습(習)이 치성하다

바람의 끝

바람이다
인생의 팔 할은 바람이다

바람이 다 지나가고 나면
우리는
어디에 어떤 모습으로 서 있을까?

이기심

조석으로 찬바람이 돈다
벌써 가을이 온 건가?

입추도 지났으니
가을 왔다고 해도
이상스러울 것도 없는데

며칠 전의 모진 더위가
어째 아쉬운 것은
시간을 붙잡고 싶은
얄팍한 이기심 때문일 게다

그래도
시간은 가는데

아버지!

아버지는 강합니다
불굴의 의지와 강철 같은 몸을 가진
불사신입니다

저리도 치열하게
생의 의지를 불태우고 계시는데
우리가 먼저 나약할 순 없습니다
분명 일어나실 겁니다
일어나시기를 간절히 응원합니다

태산 같은 나무지게를 지고도
용 한 번으로 벌떡 일어서시던
그 옛날 그 우람한 힘으로
분명 털고 일어나실 것을 믿습니다

우리는 아버지에 비해
너무나 모자라는 아들딸이라
흰 머리가 난 이 나이가 되어도
아직까지 이렇게
아버지에게 매달리는 못난 자식입니다

아버지!
부디 일어나시길

인과응보

삶이 고단하다고
불평하지 말아요
내 인생길은 내가 만든 것입니다

삶의 여로에 찍힌 발자국에는
비 내리면 어느 곳 하나
빗물이 고이지 않는 곳이 없습니다

바람에 날려 눈앞에서 사라진
내가 무심코 버린 비닐봉지 하나마저
지금도 나를 찾아
골목골목을 기웃거리고 있을 겁니다

모든 행(行)은 반드시 그 과보를 받습니다
다만 그 시점을 모를 뿐

걱정하지 마세요!
하늘은 스스로 돕는 자를 돕습니다

때

모든 것은 때가 있다

공부에도 때가 있고
베풂에도 때가 있다

항상 베풀 수 있는 것이 아니다
베풀 수 있을 때 베풀어야 한다

베풀 때를 놓쳐
인심마저 잃으면

해 떨어지는
저 고개를
누구와 함께 넘을꼬

바람길

바람!
그냥 허허로이 떠도는 것인가

아!
저 물결처럼 눕는 풀잎

바람도 길이 있구나

오랜만에 들린 카페

아!
오랜만에 오니
대문이 고아하면서도 깔끔하게
바뀌어 있네요

이렇게 누군가 집을 지키고
있었다는 것이
돌아온 탕아의 가슴을
뭉클하게 합니다

따스한 봄에 나갔었는데
벌써 찬바람이 매섭네요

익숙함에 대하여

세월은 유수와 같다더니
벌써
머리에 서리가 내렸습니다

이제는
은행창구에서 직원 아가씨가
아버님이라고 불러도
뒤를 돌아보는 일은 없습니다

익숙하다는 것은
많은 것을 잃었다는 겁니다

저리 아름다운데

하늘은 푸르고
바람은 시원하다

길가 이름 모를 노란 꽃이
줄지어 서서 환하게 웃는다
그 위에 햇살이 눈부시다

세상은 이리도
어김없이 아름답고 여유롭다
인간만 제풀에 바쁘다

아침 까치가 운다

부활

아침 해가 떴습니다
새로운 세상을 맞이했습니다

오늘을 잘 살아보려 합니다
아무리 지지리 궁상이라도
귀중한 단 한 번의 내 인생이니까요

그리고 오늘 밤
기분 좋게 죽을 겁니다
내일의 찬란한 부활을 꿈꾸며

우산

어제는
오랜만에 비가 장하게 내렸습니다
우산을 썼는데도
아랫도리가 단숨에 젖어버렸지요

까마득한 추억
중학교 20리 등하굣길에
비바람이 몰아치면

처음에는 비를 맞지 않으려고
풍향 따라 우산의 위치를 바꾸며
안간힘을 쓰다가

어느새 비를 맞아 옷이 후줄근해지면
아예 우산을 접고
억수같이 쏟아지는 비를
온몸으로 받으며 걷곤 했지요

그때 느낀 해방감은 꽤나 짜릿했었는데
지금은 접을 수도 던져버릴 수도 없는
우산이 되었습니다

착오

어느새
여름이 저만치 물러나고
가을이 성큼 다가왔습니다

이렇게 시간이 흐르면
갈 것은 가고
올 것은 오는 것이
자연의 이치입니다

감과 옴!
우리는 이 두 단어가
동전의 양면 같은
뗄 수 없는 동시적 말임을 잊고
상반된 것이라고 종종 인식하곤 하지요

인식의 착오를 깨면
한결 세상 숨쉬기가
편해질 것입니다

이불을 당겨 덮은
새벽입니다

지금 저 바람 소리

새벽에 눈을 뜨니
창문에 부딪히는 빗방울 소리

때 늦은 태풍이 올라온다더니
바람 소리까지 크게 들리는 것으로 봐서
진짜로 한바탕할 모양입니다

이 비 그치면 부쩍 추워지겠지요.
더위에 숨 가빠하던 때가 어저께 같은데
벌써 추위 걱정이 됩니다

무상이라!
인연 따라가는 것이니
오는 것도 인연일 터인데
백 년도 못 살 인생이 천 년을 걱정합니다

백 년 인생도 내 손에 있는 것은
지금 이 찰나뿐입니다

지금 저 창을 흔드는 바람 소리가
내 생의 전부입니다

좋은 날

햇살이 빛나는
아침입니다

가을이라 그런지
산그늘 햇살의 음영은 더 깊고
햇빛은 더 맑은 것 같습니다

저 햇살이 비치는 곳마다
어둠이 사라지고
물상들이 하나하나 나타나듯이
오늘도 좋은 일들이 반짝반짝
기지개를 켜며 일어날 겁니다

좋은 날 누리시길

관계

존재는 관계입니다
존재하는 모든 것은 관계 속에 살고 있습니다

우리가 서 있을 수 있는 것은 지구 중력이 있기 때문입니다
호흡할 수 있는 것은 공기가 있기 때문입니다
내가 존재하는 것은 첫째 부모님이 계셨기 때문입니다
그다음 내가 이 자리에 있을 수 있는 것은
형제자매, 친척, 친구 등 수많은 사람들의
관심과 도움이 있었기 때문입니다

그리고
그때 우주의 운석이 지구와 충돌했다면
그해 태풍이 조금만 더 세게 불었어도
그때 달려오던 차가 멈추지 못했다면 등등
우리는 위험했던 많은 일들이 용케도 피해갔기 때문에
이렇게 존재할 수 있습니다

다시 말해 우리가 존재할 수 있는 것은
수많은 좋은 관계와 매 순간의 행운 때문입니다

나는 이리도 대단한 존재입니다

지금

때 지나면
후회할 일들이 너무나 많습니다

오늘이
후회할지도 모를
그때입니다

평생에 딱 한 번 오는,
그리고
다시는 오지 않는 순간입니다

후회하지 않게
살피며
반짝반짝 닦아야 할 지금입니다

바르게 연결되어 있는가

노트북의 배터리가 다 되었다는 글이 떠서
연결선을 전원에 꽂았다

그런데 얼마 있지 않아 화면이 사라진다
코드 접촉이 불량한가 하고 빼서 다시 꽂아본다
그래도 화면이 뜨지 않는다
노트북이 고장이 난 모양이다

그런데 책상 밑을 보니
못 보던 연결선에 붙어 있는 강압기에
불이 들어와 있다.
그것이 무엇인가 하고 그 선의 끝을 찾아가니
벽에 붙은 전기 코드에 떡하니 연결되어 있다

전기 코드에 연결이 안 된 다른 선을
전원에 꽂아 놓고
노트북이 고장 났다고 난리를 친 것이다
연결선을 바꿔 꽂으니 화면이 바로 뜬다

가만!
나는 바른 곳에 연결되어 있는가?

허상

꿈속에서
'영격사'란 절에서 죽은 국이 형을 만났다.

딱 한 마디!
"가을 햇살이 넘 좋다."라고 했다
무슨 뜻을 전하려고 했을까?

이 꿈 얘기를 듣는 사람마다
의견이 다 달랐다

결국
우리는 동일 공간에 살고 있지만
같은 세상을 사는 것이 아니다

햇살이 너무 좋은 가을!
세상은 각자가 만들어 내는 허상이다

오늘

세상은
내 눈에 보이는
그대로이며

내 삶은
내가 느끼는
그대로이다

항상
긍정적이고
즐겁게 살면
그곳이 천당이고
극락이지

다음 생에
연연치 말자

오직 오늘이
내 삶의 전부고
다음 생도
오늘의 연속일 뿐

삶 1

아침 서늘한 기운에
정신이 번쩍 듭니다

초로 같은 인생에
순간순간이
우리 삶의 전부입니다

감사한 마음으로
한숨을 깊이 들이킵니다
나는 이래서 살아냅니다

삶 2

감고 옴의 반복!
그것이 우리의 삶입니다

크게는 태어남과 죽음,
작게는 아침 출근과 저녁 퇴근이 그것입니다

더 세분해가면
생각의 나타남과 사라짐이며
생리적으로는 들숨과 날숨이 그것입니다
그것의 반복이 삶입니다

내쉰 숨이 돌아와 주어서
이리 살아있는 줄도 모르고 살고 있습니다
숨 하나에 내 삶 전부가 얹혀있습니다

허송세월

흐르는 세월!

천강유수(千江有水) 천강월(千江月)에 정신이 팔려서
무운만리(無雲萬里) 가없는 하늘을 보지 못했다

오늘도
허깨비 똥통에 빠져 허우적거리고 있다

3장

적막의 소리

안타까움

탐진치 삼독심을 극복하는 것은
불자(佛子)를 넘어
행복하게 살려는 인간의 덕목이다

관음의 천수천안으로
먼저 자신을 돌아보아야 한다

아상(我相)이 높아지는 만큼
도는 저만치 멀어지는 것이니

가없는 하심(下心)으로
저절로 향기로워야 한다
한 떨기 바람머리에도
자비심이 묻어나야 한다

밤이 깊어가는 만큼
새벽이 가까워야 하는데…

이 밤!
겨울 삭풍이 매섭다

친구의 노래

촛불을 켠 사람은 떠나가고
촛불만 남아 카페를 밝히고 있습니다

어릴 적 친구가 가르쳐 준 노래 하나
아직 내 가슴에 남아 있는데
그 친구는 가고 없네요

존재와 떠남의 경계가 어디일까요
곁에 있어도 있는 것이 아니고
떠나도 떠난 것이 아닐지 모릅니다

"내가 그의 이름을 불러주었을 때
그는 내게 다가와 꽃이 되었다."
어느 시인의 시구가 떠오르네요

불러주기를 기다리며
문밖에서 떨고 있지나 않을까
친구의 노래를 가만히 불러봅니다

늦봄

벚꽃 잎이
눈송이처럼 흩날린다

오늘 새벽에는 비가 내렸다
여름을 준비해주는
철든 봄의 마지막 배려인 듯

이 비 그치면
산야는 더 푸르러질 것이다

줄탁동기

무아는 허무가 아닙니다
무아는 활발발한 삶의 모습입니다
무아를 이해하면
삶은 정말 생기에 넘칩니다

그런데
무아 속의 윤회!
윤회 속의 무아!
모순 같은 이 진리를 깨우치면
정말 멋있는 생이 기다리고 있을 것 같습니다

연꽃 씨앗은 건드리지 않으면
결코 발아하지 않는다 합니다

줄탁동기!
두드리고 또 두드릴 일입니다
열릴 때까지

가을비

가을비가 온다
입동도 지났는데도
굳이 가을비라고 하는 것은
세월이 감을
안타까워하는 마음 때문이리라

이 비가 그치면
대지는 한결 차가워질 것이고
어느새
겨울은 성큼 우리 곁에 와 있을 것이다

따사로운 가을 햇살이 그리워지는
11월의 오후

어느 겨울 새벽

새벽 출근길
날이 쌀쌀하다, 영하 5도!
목덜미가 서늘하다
옷깃이 여미어진다

콧물이 흐르는 것이 감긴가 본데
그래도 봐준다고 아픈 데는 없다
고마운 일이다

공원 가로등 불빛이 졸고 있다
몰래 가로질러 지나친다

휑한 차도까지 들어간 낙엽들이
머리를 서로 내밀며 차를 기다리고 있다
먼 옛날 동네 개구쟁이 친구들의 모습이
오버랩된다

저! 저! 차도 중앙까지 들어가서
바람 데리고 맴을 돌고 있는 놈은
장난꾸러기 재천이 놈임에 틀림없다

날아간 인터넷 글

한 시간여에 걸쳐 쓴 글이 바람처럼 사라졌다
그 숱한 얘기의 끝에는 아무것도 없다
처음에는 화가 나서 안절부절못하다가
다음엔 포기한다 하며 아쉬워하다가
마지막엔 이유 모를 편안함에 어리둥절해졌다

생각을 말로 하자면
해도 해도 모자라는 것이 말이다
차라리 입을 다물었을 때
그 의미가 가슴에 가득하다

무는 없음에 안타깝지만
공은 넘치는 풍요로움이다

매운 겨울

비 오는 겨울이더니
요즈음 옷깃을 여밀 만큼
제법 차가운 날씨다

겨울 추위가 매워야
매화 향이 깊어진다던데

엄동설한의 삭풍을 기다리며
움츠린 허리를 곧추세운다

어떤 착각

비몽사몽 간에 잠자리에서 일어나
화장실을 다녀왔다

옷을 주섬주섬 입고 프론트로 나가다가
습관처럼 벽시계를 본다, 1시 5분!
'시계가 고장이 났구먼.' 하다
혹시나 하고
핸드폰을 켜서 시간을 본다
1시 5분! 맞다

교대시간 1시 50분에 맞추어 둔 알람인데
소변이 마려워 깬 잠을
알람 때문에 깬 것으로 착각한 것이다

에그!
세상사 이렇게 스스로 속고 사는 게 얼마나 많을까?
틀린 것을 옳다고 믿고 우기면서
사람들 마음을 어지럽게 한 것은 또 얼마나 되는지

요즈음

당연한 것도 의심할 때가 많아졌다

나이 탓인 것 같은데

억지로 지혜가 생겼다고 우겨본다

끽다거

가을엔
겨울이 올까 조바심을 내었는데
지금은 겨울이 갈까 마음 졸인다

가지고 있는 것에 감사하고
귀하게 여겨야 하는데
보내고 나서 가슴을 치고
오지 않은 것에 마음 졸이는
우매함이여

보물을 찾느라 숨 가쁜 자여
이미 넘치는 창고는 어찌할꼬

바쁜 길을 멈추고
차 한 잔 하게나

과정과 결과

과정과 결과는 둘이 아니다
과정에 이미 결과가 내포되어 있다
우리나라 속담에
될성부른 나무는 떡잎을 보면 안다고 했다

부처님께서는
처음도 중간도 끝도 좋아야 한다고 하셨다
처음이 나쁜데 끝이 좋을 리 없다
중간 역시 마찬가지다

이 말은 시작이 곧 끝이고
과정이 곧 결과라는 말이다

인생의 성공 여부는
각자의 가치판단에 따라 다르겠지만
모든 사람에게 적용되는 것은
노력 없는 성공은 없다는 것이다

과정에 충실하라
결과는 자연히 따라오는 부산물이다

네가 곧 나다

코로나 확산 일로다
신경이 쓰인다

요즈음처럼
세수를 자주 그리고
정성스럽게 하는 때가 없었다
손을 씻으면 기분이 좋아진다는
사실도 덕분에 알았다

조금은 성가셔도 할 것은 해야 한다
제때 할 것을 하지 않아
어려움을 당하는 것이 얼마나 많은가?

당연한 것을 당연한 것으로 여기고
받아들이는 마음이 필요하다
긍정적인 자세야말로
행복으로 가는 첩경이 아닐까

모두 다 건강해야 한다
그래야 나도 건강하다

배려

코로나가 온 나라에 퍼졌다
큰일이다
그러나 걱정만 할 일이 아니다
각자가 위생에 최선을 다할 일이다

나를 위하는 것이 곧 남을 위한 일이다
또한, 남을 위하는 것이 나를 위하는 일이 된다
이렇게 우리는 엮여 있는 운명 공동체다

시시때때로 손을 씻고
외출 시는 마스크를 착용하자
우리를 위해!
대한민국을 위해!
인류를 위해!
나를 위해!

새벽 1

어릴 적
새벽 뒷길에 나가면
어스름 밝아오는 여명이 좋았고
그 서늘한 기운이 좋았고
천하 대지에 홀로인 것이 좋았다

간혹 새벽잠을 깨고 나온
동네 사람이라도 만나면 그 또한 좋았다

지금도
새벽은 희망이다
가슴 설레는 출발점이다

코로나가 기승을 부려도
조심은 하되
기죽지 않을 일이다

밤이 아무리 깜깜해도
새벽은 온다

허상

새벽은
까만 어둠 속에서
저렇듯 담백한 무채색으로
물상들을 하나하나 만들어간다

어릴 때 놀이로
십 원짜리 동전을 종이 뒤에 놓고
연필로 계속하여 스치듯 그어 가면
천천히 나타나는 다보탑처럼

깜깜한 이른 시간부터
새벽은 서둘지 않고 천천히
물상들을 만들어 낸다

오늘도 우리는
이 새벽이 만들어 놓은 허상 속을
열심히 뛰어다닐 것이다

적막의 소리

적막의 소리를 들었는가
적막에도 소리가 있다

고요한 새벽!
가만히 귀 기울이면
무수한 소리들이 들려온다

건너 산 나무 위의 새잎들이
갓 눈을 뜨면서
처음 보는 세상에 감탄하는 소리가
우레처럼 들린다.

생태공원 넓은 뜰에
으샤으샤 땅을 밀어 올리며 일어서는
새싹들의 함성도 들린다

적막의 소리는
가슴으로 듣는다

연가

올해도 봄은 왔는데
한 번 간 임은 소식이 없고

님의 노랫소리만
가슴에 남아

슬픈 계절

산곡천 옆 벚꽃 길에 나갔다
벚꽃이 하얗다 못해
푸른 기가 돌 정도로 만발해 있다

이렇게 빛나는 봄날
만나는 누구라도 손을 흔들면
반기지 않을 리 없겠지만

올해는 마스크에다
사람을 피해야 하니
아름다워서
더 슬픈 계절이다

범사가 다 은혜롭다

선거 운동이 요란하다

나라를 위해
국민을 위해 일하겠다고
열변을 토한다

고마운 일이다
내 앞가림하기도 바빠
나랏일에 관심 둘 겨를이 없는데
저분들이 저렇게 열심히
챙기고 있으니 얼마나 다행인가

세상에 고맙지 않은 사람이 없다
범사가 다 은혜롭다

봄날은 간다

새벽에
은행 아파트를 지나는데
화단에 철쭉이 활짝 피어 있었다

이렇게 봄은 가고 있는데
나는 아직 봄을 느끼지 못했다

진달래도 보았고 개나리도 보았다
활짝 핀 벚꽃도 보았지만
내 마음에 봄은 열리지 않았다

아직 마음이 깨치지 않아
현상과 바로바로 계합(契合)하지
못하는 것이리라

언제쯤에나 물처럼
비치면 비치는 데로 풀어내는
여여한 마음이 될까

안타깝게
봄날은 간다

꽃향기

가로수 하얀 꽃 위에
비가 옵니다

방울방울
꽃향기가
떨어집니다

이 새벽에

멀리서
차 지나가는 소리가 들립니다

어디로 가는 것일까?
이 새벽에

인과응보

낮으론 제법 덥다
그렇구나
벌써 여름이구나

"어 왜 이렇게 덥지?"
더울 때가 되어 더운데
우리는 순간순간 잊고 놀란다

인생도 그러하다
인과에 따라
겪어야 할 것을 겪는데
불만이 많다

과유불급

아침에 까치가 운다
좋은 일이 있으려나 보다

이리 좋은 하루를 맞이해놓고
또 무슨 좋은 일을 바라는지

과유불급이라!

그래도
좋은 날이길!

까치 소리

까치 소리가 유난히 맑다
이른 새벽부터 웬 까치가 저리 우는가

까치가 우는 것은 까치기 때문인데
새삼스럽게 들리는 것은
내 지난 업이 지중한 탓이리라

그래도 기왕지사
오늘은 좋은 일이 많이 생기리라
기대해본다

허허실실

하지도 지났다

벌써부터 낮의 길이가
많이 짧아진 것을 느낀다

우리가 모르는 사이에도
계절은 이렇게 소리 없이 가고 있다
결코 빠뜨리는 법이 없이
챙길 건 다 챙기고도
시침 뚝 떼고 유유자적이다

바쁜 것은 실속 없는 나다
항상 숨을 턱에 달고 살면서도
기실 손에 쥔 것은 없다

누가 바람을
한가하다 하느냐
산야 백과가
그의 손길에 여문다

나는 잘 사는 거니?

비 님이
추적추적 내리는 여름 저녁
차들이 긴 물 마찰음을 끌며
지나갑니다

어스름 어둠이 내리는 거리엔
네온 불이 하나둘 켜지고
사람들은
총총 발길을 재촉합니다

이렇게 또 하루가
마무리에 부산합니다
괜히 마음이 급해집니다

나는 잘 가고 있는지

갑자기

갑자기 까닭도 없이
누군가의 안부가 궁금해질 때가 있다

새벽엔 비가 내렸다
비 갠 마당에 햇살이 번쩍인다
오늘도 무지 찔 모양이다

더위를 무척이나 탔었는데
수줍은 얼굴에
땀이 송송 돋은 하얀 이마가
눈에 삼삼하다

참글

참글을 만난다는 것은 가슴 설레는 일이다

앞으로 AI가 글을 쓰는 시대가 곧 올 것이라고 한다
일부 신문 리포트는 이미 활용하고 있다고 한다
가슴이 먹먹해지는 말이다
감정도 기계가 표현하는 시대가 올지도 모른다

오늘 아침 신문에서
옛 조선시대 규방 연인들이 쓴 글을 보았다
가슴에 전율이 느껴졌다

글은 이래야 한다
달달 입에 발린 글이 아니라
한 자 한 자가
가슴을 쪼아 쓴 핏빛 선명한 글이어야 한다
그래야 이런 감동을 준다

정신이 번쩍 드는 아침이다

꽃자리

그저께 오후에는
짬을 내어 시청공원에 나갔지요
붉은 낙엽들이 공원 오솔길에
어지러이 날리고 있었습니다

'벌써 가을인가!' 하고 날짜를 보니 시월이네요
이런저런 일로 시간이 가는 줄을 몰랐군요

우리네 인생도 똑같다는 생각이 듭니다
어느 날 보니 귀밑에 흰 머리가 가득하네요
빛나는 청춘의 추억만 가득한데 말이죠

그러나 얼마나 대단합니까
천년 세월도 한 생각인데
그 속에서
빨간 단풍잎 위에 햇살이 반짝이는
이 가을을 잡고 있으니

우리 인생의 가장 빛나는 꽃자리는
지금 바로 이 자리입니다

• • •

4장

신호등

꿈속인가?

어제 오후에는 햇살이
그리도 따사로웠는데
오늘 새벽 출근길은 손이 시립니다

가로질러 지나치는 공원에
낙엽들도 제법 흩어져있고요
가로등 불빛 아래 나무들이
을씨년스러워 보입니다

날마다 보는 풍경이
오늘따라 너무 생경하네요
내가 꿈을 꾸고 있는 것은 아닌지

새벽 단상

멀리서 차 지나가는 소리가
바람 소리처럼 들려옵니다
새벽부터 어디로 가는 것일까

우리네 인생도
저렇듯 휙 지나가는 간극(間隙)이 아닐까요

또 인생을
'풀 끝의 이슬'
초로(草露) 같다고 하지요

우리는 어디서 와서
어디로 가는 걸까요?

간극과 초로 위에서
영겁의 길을 찾습니다

이렇게 새벽이 지나가네요

새벽

새벽에는
가슴이 설렙니다

어릴 적
고향 집 방문의 어스름 여명에서
60여 년이 지난 지금
멀리 고속도로를 달리는 차 소리까지
새벽에 가슴 설레지 않은 적이
한 번도 없었습니다

이 세상에 할 일을 마치고
저세상으로 가는 날 그 새벽도
분명 설렘으로 맞이할 겁니다

새벽은 가슴 벅찬 희망입니다

가을꽃

집 근처에 있는
이성산성에 갔다 왔습니다

봄꽃보다 더 예쁜 가을꽃이 만발해 있었습니다
가만히 보니
꽃이 아니라 씨방이 터진 거였습니다.
무리 지어 하얗게 피어 있는 모습이 아름다웠습니다

우리네 인생도 나이를 먹을수록
더 멋있고 예뻐질 수는 없을까요
우아하고 멋스러운 가을꽃을 보면서
그럴 수 있다는 희망을 가졌답니다

따사로운 오후의 햇살을 맞으며
숲 속 빈터 벤치에 누워
말라가는 나뭇잎들이 서로 쓰다듬으며
위로하는 은밀한 소리에 귀 기울이다
해설피 긴 그림자를 밟으며
산길을 따라 내려왔지요

가을이 익어가고 있었습니다

겨울 몽니

벌써 섣달!
한겨울임에도 아직 한파가 없네요

겨울은 겨울다워야 하는데
아침저녁 어설픈 찬 기운에
괜한 걱정이 앞섭니다
'날이 왜 이렇지? 춥지 않고!'

매운 겨울을 이긴 성취감으로
포근한 봄을 맞고 싶은데
겨울이 시샘하느라
몽니를 부리는 것은 아닌지

하하! 호강에 겨운 소리지요!
시절이 하, 수상하니
생각도 천방지축입니다

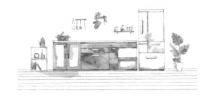

습(껍)

현관 유리문에
햇살이 하얗게 부서지고 있네요
가을 햇살만 좋은 줄 알았더니
겨울 햇살이 그 못지않습니다

가을 햇살은 따사로웠는데
겨울 햇살은 확인하기가 저어됩니다
차가울 것 같은 생각 때문입니다

예전엔 미처 몰랐는데
이 지레짐작인 습이
바로 우리 삶의 모습이란 것을
요사이 알았습니다
우리는 이 허깨비 같은 습에
휘둘리며 살고 있습니다

이 습의 굴레를 벗어나는 것이
자유인이 되는 첩경이라는 생각이
번쩍 드네요

과감하게
겨울 햇살을 살피러 현관으로 나갑니다

안타까운 시국

아침 7시!

겨울이라
아직 어둠이 가시지 않았네요

대로변 불 꺼진 가게들 사이에
밤을 지새운
무인 아이스크림 가게의 네온만이
졸린 듯 켜져 있고
가게 안엔 불이 환합니다

불경기에 추운 날씨라
손님도 없다는 것을 모를 리 없을 텐데
저렇게라도 불을 켜두고 싶은
업주의 간절한 마음이 안타깝네요

괴질과 불경기에 민심은 흉흉한데
위정자들은 정쟁에만 몰두하고 있으니
국민들은 어느 천년에
격앙가를 불러볼까요

새해 아침에

새해가 밝았습니다

올해는
우리 집안에 많은 경사가 있을 겁니다
왜냐고요? 신축년(辛丑年)이니까요

소처럼 우직하고 정성스럽게
세월의 길을 걸어가 봐요

우리 남매 집안 모두
무탈하고 건강하길 기원합니다

황소걸음으로

하루가 가는 저녁입니다

새해를 맞으며
느꼈던 산뜻함과 굳은 다짐도
얼마나 되었다고
벌써 무뎌지고 일상의 하루가 되려 합니다

감사와 넘치는 보람으로
매 저녁을 맞이하길 바랐는데
과욕인지
벌써 나에게 불만입니다

그러나
비범하려다 평범도 못 되는 우를
또 범할까 걱정이 되어
마음의 고삐를 늦춰 봅니다

항상 헐떡이며 살아온 시간 위에
따뜻한 미소를 올려봅니다
올해는
황소걸음으로 천천히 걸어가려 합니다

아직 먼 인생길에
먼저 지쳐서는 안 되니까요

옛 설날

까치 까치 설날이
드디어 내일 진짜 설날이 된다

궁핍했던 어린 시절
설날은 참으로 기다려지는 날이었다
고기와 떡을 먹을 수 있는
일 년 중 며칠 안 되는 날이기 때문이다

손가락으로 까치 까치 꼽고 꼽다
지쳐갈 무렵이 되면
갑자기 설날이 닥쳐왔다

설날 전날을 작은 설날이라고 했는데
항상 무표정한 아버지의 얼굴에도
잔잔한 미소가 피어나고
아버지와 엄마의 행동에서
여유와 묘한 들뜸을 느낄 수 있었다

아버지께서 지게에 불린 쌀을 지고
아랫마을 방앗간에 찧으러 가시면
그때부터 부엌은 바빠지기 시작했다

엄마는 고기를 구워내고 나물을 무치셨다

이쯤이면 마을은
온통 고소한 기름 내음으로 가득하고
정지간 앞에서 기웃거리던 아이들은
엄마들의 불호령에 쫓겨나
마을 앞 빈 논에 모여서 자치기를 했다

설날 전야에
잠을 자면 눈썹이 하얗게 신다고 했다
방마다 촛불을 밝혀놓고
대낮같이 환한 안방에 모여
떡국 떡을 써시는 아버지와 어머니 옆에서
자지 않으려고 애쓰다
깜박 잠이라도 들었다 깨면
얼른 거울 앞으로 달려가곤 했던 기억이 난다

벙긋벙긋 웃음이 도는 추억 속에
작은 설날의 밤은 깊어간다

입춘대길

입춘이다!

새벽에 일어나 주위를 물리고
청량한 마음으로 춘방을 썼다

입춘대길!

묵향 속에
계곡 얼음장 밑으로 돌돌 물소리가 들리고
찬바람 끝엔 남쪽 두메 산사의 매화 향이 묻어난다

올해는 분명 좋은 일이
많을 것이다
왜냐고?
신축년이니까

모두 모두 건강하시고
하시는 일마다 두루 형통하시길

봄

집 근처 생태공원으로 산책을 나갔다

털 날린 갈대의 하얀 숙대 위로 햇살이 따뜻하고
연못 옆 수양 버드나무엔
뽀송뽀송 털이 난 버들강아지가 매달려 있었다
연못 얼음은 벌써 군데군데 녹아있고
수로엔 얼음 밑으로 물 흐르는 소리가 가늘게 들려왔다

솟대 둑방길을 넘어 바람이 불어왔다
찬 기온은 여전하지만
이미 끝이 무디어져 있다

두툼한 외투의 단추를 풀고
어깨를 쫙 펴본다
목덜미가 서늘하다
떠나기 섭섭한 겨울의 마지막 인사인가

인생

인생은 왕복이다

아침에 출근해서
저녁에 퇴근하는 것도 왕복이고
직장에 출근해서 외근을 나갔다
회사로 복귀하는 것도 왕복이다
저 세상에서 와서 이승에서 살다가
저승으로 돌아가는 것도 역시 왕복이다

그러나 다시 생각해보면
인생은 왕복이 아니다
우리는 한 번도 같은 곳으로 돌아온 적이 없다
아니 같은 곳은 애초에 없었다

무상이려니!
오늘의 나는 어제의 내가 아니고
지금의 우리 집은 어제의 우리 집이 아니다

아침에 출근한 나는 다른 사람이 되어
변화된 우리 집으로 온다
나도 집도 다 새로운 것이고
거기다 시간마저 새롭다

결국
우리는 날마다 새로운 시공에서
새로운 사람으로 산다

인생은 지루한 왕복이 아니라
매 순간
새로움과 맞닥뜨리는 경이로운 직진이다

묘법 법사님의 영전에서

덧없을 사 인생이로다!

10여 년 전 아마 초가을이었을 게요
마방에서 처음 만났을 때의
그 날선 서기는 어디 가고
한 줌의 재가 되어
속절없이 흩어지려 하는 게요

그대는 그 자리에 여여하고
가고 옴은 한갓 허깨비라고 알고 또 믿건만
무시이래 떨어질 줄 모르는 지긋지긋한 습이
마음을 자꾸 아프게 하는구려

그렇게 살다간 생이라 아쉬워 마시구려
더 큰 공부를 위해 떠나는 길이 아니오
큰 걸음으로 성큼성큼 먼저 가시구려

또 아오?
낙엽이 난분분하는 어느 가을날
그대와 내가 어느 산문에서 만나
긴 회포를 풀게 될지

이승은 지금 봄의 문턱을 넘고 있소
저승은 어떠하신지?

무지개

겨울을 이겨낸 파릇파릇 보리밭에
아롱아롱 아지랑이가 피어오르면

들판 여기저기
조잘대며 나물 캐는 소녀들 사이에서
환한 미소로 손을 마주 흔들어 주던
어린 동생 숙이의 환영을 보곤 한다

노란 개나리가 환하게 핀 개울가에는
겨우내 숨죽인 물소리가 돌돌 들리고

밤새워 소쩍새가 모질게도 운 다음 날
아침 햇살 속에 온 산이 붉었다

진달래꽃이 붉은 것은
소쩍새가 토한 피 때문이라는
영설이 아재의 말에
고개를 끄덕이던 두메골 소년은
그때 영설이 아재보다 나이가 훨씬 많아졌다

평생 무지개를 쫓아다니던 소년은
이제 고향 집 마루에 앉아

햇살 번지는 앞산을 바라보며
피곤한 다리를 쉰다
'올봄의 진달래는 더 붉겠다.'

여전히 새벽에는 가슴이 설렌다
오늘도 무지개는 뜬다

산수유

이른 아침
아파트 화단에 산수유 꽃이 피었다

아직도 삭풍에 잔뜩 주눅이 든
뭇 나목들 사이에
퐁퐁 터진
작고도 여린 노란 꽃잎!

세상사 괴롭고 우울한 맘 살펴 알고
밤새워 준비한 위로의 말
찬바람에 깜짝 놀라
벙긋 웃고 마는구나

그 마음이 갸륵하여
차마 걸음을 떼지 못하다

망춘(望春)

남쪽에
매화가 피었다는 소식도 왔고
아파트 정원엔
산수유도 애써 꽃망울을 터뜨렸건만
내 마음엔
아직 찬바람이 분다

작년엔
기다림도 속절없이
햇살 따사로운 주차장 아스팔트 위에
뚝뚝 떨어져 누운 목련 꽃잎에서
봄의 끝자락을 겨우 보았다

올해도 놓칠까 봐
까만 새벽부터 테라스에 나가
꽃대도 세우지 못한
난을 채근하고 섰다

끝이 없는 길

가도 가도 끝이 없는 길
　　그래도 가야만 하는 길

　　해 저문 서쪽 하늘을 보며
　　이 길의 끝을 생각하다

겨울 햇살

현관 유리문에
섣달 오후의 햇살이
찬연하다

소식을 듣자마자
수억만 리 험한 길을
한달음에 달려와

이제 나를 본 기쁨에
언 손 상기된 얼굴로
저리 활짝 웃는다

봄도 나이를 먹는가 보다

봄이 왔건만
예전의 봄이 아니다

파릇파릇 아지랑이 들판에
노랑 저고리 분홍 치마가 곱던
나물 캐던 소녀는 보이지 않고

고향 마을엔 여전히
이 산 저 산에 진달래 붉고
손금 같은 개울을 따라
노란 개나리가 환하게 피어나지만
소쩍새 울음소리에 화답해주던
그 옛날 풀피리 불던 소년은 없다

갓 핀 백목련에 설레던 푸른 가슴은
윤사월의 뜨거운 아스팔트 위에 떨어져
시들어갈 꽃잎 생각으로 아프다
눈이 시린 저 새하얌이 서럽다

만개한 벚꽃을 보면
가슴 벅찬 기쁨보다는
눈송이 낙화 속으로 걸어가는
구부정한 뒷모습이 처연하다

봄이 왔지만 예전의 봄이 아니다
봄도 나이를 먹는 모양이다

능소화

지금쯤 밖에는
능소화가 한창일 텐데
누구 하나
꽃소식을 전하는 이 없구나

해마다 꽃 피었다고
같이 가잔 성화에
손잡고 들리던
그 새벽 골목길엔

밤새 삭인 그리움
바알갛게 단장하고
담장 너머 고개 빼고
기다리고 있을 거다

빈 뜨락

꽃향기 사라진 뜨락에는
잎 떨어진 앙상한 꽃대만
홀로 바람 소리를 냅니다

가을이 깊어갑니다

나는 무엇을 하고 있는가

석양이 유리창에 부서지는
18층 베란다에서
서쪽 하늘을 바라보고 섰다

나는 누구인가?
나는 어디서 왔는가?

저 하늘,
저 셀 수 없는 은하의 영겁을 너머
나의 본향, 나의 시원은 있겠거니
나는 왜 그 따뜻한 낙원을 두고 떠나왔는가?
무엇을 하려고
그 멀고 험한 길을 헤치며 왔는가?

떠나올 때 산마루에서
복숭아꽃 만발한 고향 동네를 내려다보며
"이루어 다시 오마." 하던 금강석같이 굳은 맹세는
마음 한구석에서 시들어가고

나는 아직 세상의 바람머리에서
몸도 제대로 못 가누고 있다
나는 지금 무엇을 하고 있는가

친구

마음이 헛헛한 날은
친구를 불러

서산 낙조가 바라보이는
선술집에서

뜨끈한 잔치국수를 앞에 놓고
막걸리 한 잔 나누고 싶다

신호등

한없이 흔들리고 있었다.
술이라도 한 잔 걸쳤는가
검은 바지에는 쓰러진 흔적인지
여기저기 흙들이 어지럽고
검은 야전잠바에는 토물의 자취가
왼쪽 가슴에 길게 흐르고 있었다

아침 출근길의 건널목,
건너편 신호등에 시선을 모으고 있는
수많은 사람들의 뒤에서
그는 초점 없는 눈초리로
비틀거리고 있었다

한때는 한겨울에도 따뜻한 방에서
반소매 차림으로 잠을 자고
아침밥마저 어젯밤 회식 자리의 과음에
입맛이 없어 먹는 둥 마는 둥 하고는
아내의 지청구를 들으며 달려 나와
출근길을 서두르고 있는 사람들 틈에서
저 신호등에 가슴 졸이곤 했는데
오늘은 뭇 사람들의 뒤에서

그는 혼자 유령처럼 흐느적거리고 있다

어제도 갈 곳이 없어
찬바람 부는 텅 빈 공원에서
혼자 낙엽과 함께 이리저리 쓸려 다니다
해가 서산에 걸리고
나무 끝에 매달려 해바라기를 마친
냉기가 휭하니 땅으로 내려서자
그는 잔뜩 웅크린 채
긴 그림자를 끌며
느릿느릿 근처 지하철로 향했다

지하철 입구 계단을 내려 가는데
갑자기 물결처럼 몰려 올라오는 사람들,
그는 쫓기듯 계단을 다시 올라와 입구 옆에 비켜섰다
그들의 온 곳이 부러웠고
그들이 향하는 곳이 그리웠다
피곤에 지친 얼굴이지만
집으로 향하는 단호하고 급한 말발굽들을 바라보다
자신의 정지해있는 두 다리를 내려다보았다
찬바람이 휭하니 두 다리를 감고 지나갔다

막차에서 내린
피곤에 겨운 여인의 발자국 소리가
퀭한 지하도를 울리고 사라지면
그는 구석 자리로 가 웅크리고 앉는다

손을 주머니 속에 넣는다
몇 개의 동전이 손에 잡힌다
마지막 남은 지전으로 빵을 살까 술을 살까 망설이다
술 한 병을 사고 남은 돈이다
'나의 전 재산!'
후후하고 그는 얼굴을 일그러뜨린다

장딴지가 시려 바짓단을 끌어내리며
헌 신문지를 준비하지 못한 자신을 책망했다
마신 술기운에 추위를 잊은 탓이다
급기야 빈속의 술이 요동을 쳐
장내에 먼저 들어와 있던 음식물을
밖으로 몰아내는데
점심때 먹은 라면 몇 가락과
노란 짠지 조각 서너 개를 밀어 올리더니
끝내 시큼한 내장 육수까지 뽑아 올렸다

목이 칼칼했다
그는 추위에 귀찮고 일어설 힘도 없어
벽에 기댄 채 목도 까딱 않고
토물을 그냥 입 밖으로 밀어냈다
토물은 입술을 타고 턱을 지나
빛바랜 야상 위에 길게 물길을 내며 흘러내렸다
건너편 선로 입구가
검은 눈을 싸늘하게 흘긴다

잠은 잤는지 말았는지
계단을 밟고 내려 오는 발자국 소리가 지하도를 울린다
결코 배반하는 법이 없는 하루의 시작음!
그는 누워서 멀리 걸어오고 있는 사람을
게슴츠레한 눈으로 바라보았다
이 지하의 공간을 여는 사람,
죽음 같은 이 공간을 잊어버리지도 않고
새벽이면 어김없이 문을 여는 사람이다

그는 사람들이 이 공간을 잊어주기를 밤마다 간구했다
그리하여 죽음 같은 적막 속에
이 자리에 이렇게 누운 자세로 눈을 감고

영원히 우주의 적멸 속으로 함몰되기를 기도했다
그러나 결코 그들은 그들의 책무에 태만한 적이 없었다

이제 일어서야 한다
손으로 땅을 짚고 일어서려는데
찬 시멘트 바닥의 냉기에 몸서리가 쳐진다
웅크린 자세에서 온몸이 얼어붙었는지
몸을 일그러뜨리자 끽끽 소리를 낸다

발자국 소리가 많아진다
처음 문을 여는 자의 조심스러움과는 달리
그들은 점령군 같은 당당함으로
거침없이 이 지하의 공간을 점령해온다

그들에게 포로가 되기 전에
이 지하를 빠져나가야 한다
알량한 자존심이 탈출구마저 봉쇄당하여
차가운 대리석 바닥에 패대기쳐지기 전에 서둘러야 한다

허우적거리며 지하 계단을 오르자
바깥에서 서성이며 기다리던 한기가

젊은 시절 청량리 역전 포주 아줌마처럼
냉큼 그를 감싸 안는다
밖에는 출근을 서두르는 사람으로 길이 북적인다

건널목에 사람들이 신호등을 바라보며 서 있다
건널 일도 없으면서 그들의 뒤에 선다
딱히 갈 곳도 없다
그들의 시선이 모이는 곳을 보니
건너편에 빨간 신호등이 켜져 있다

나도 한때는 저 불빛의 의미를 알았을 터지만
지금은 떠오르지 않는다, 구태여 알 필요도 없다
그것은 바쁨이라는 특권을 가진 사람들의 일이다
'분수도 모르고 내가 왜 이들 사이에 끼어 있는가?'
그는 이미 자신의 뒤를 가득 메우고 있는
사람들을 헤집고 뒤로 나아갔다.
그런 그의 모습에
'그럼! 분수를 알아야지!' 하는 경멸의 시선을
뒤통수에 느끼며 뒤로 나와서는
그대로 그들과 등을 대고 섰다

신호등을 향해 설 이유가 없음을 알았다
그것은 내 신호등이 아니었다
갑자기 다리에 힘이 빠지면서 몸이 휘청거렸다

'너희들은 아느냐?
신호등에 애를 태울 수 있는 것이 얼마나 큰 특권인지,
그 기다림이 얼마나 큰 축복인지.'
차창 밖으로 통곡 같은 그의 절규가 들려왔다.
"나에게도 신호등을 켜다오!
청자빛 하늘로 가는 푸른 신호등을!
나도 날고 싶다!
한 번도 펼쳐보지 못한 내 날개!
하늘은 왜 저리 푸른가!"

본전

아침 출근길
햇살이 비켜 드는 우체통 옆에서
비둘기가 열심히 바닥을 쪼고 있다
어젯밤 누군가 쏟아낸 토물이다

바람이 불어
가로수 그림자가 바닥을 쓸어도
비둘기는 여념이 없다

술자리에서 뱉어낸
실없는 농담에서
험악한 악다구니까지
한마디도 흘리지 않고
알뜰하게 쪼아 삼키고 있다

그는 모를 것이다
자신의 본전이
저리 들통나고 있는 것을

귀향

먼 길을 돌아 돌아 고향에 왔다
떠날 때 눈빛이 반짝이던 소년의 머리엔
서리가 하얗게 내렸다

앞산은 그날처럼 푸르기만 한데

봄

아지랑이 아롱대는
보리밭엔 푸른 기가 완연하다

머지않아 저 들판엔
초동들의 노랫소리가 낭자하고

송홧가루 희미한 앞산엔
진달래가 붉을 것이다

그리움

거리에 어둠이 내리고
네온 불이 하나둘 켜지는 저녁은
괜히 마음이 바빠진다

어릴 때는 엄마가,
결혼을 하고서는 아내와 아이들이
발걸음을 재촉했지만

내자가 가고 없는 지금
딱히 기다리는 사람이 없어도
집이란 기다림 그 자체다

부질없는 줄 알면서도
집에 대한 습(習)은
차마 놓지 못하는 그리움이다

회한

지난 세월 구비마다
빛나지 않은 순간이 없었건만
누리지 못하고 허송한
허깨비 같은 삶이 애달프다

푸르던 젊음의 물결도
가슴 뛰던 사랑도
빛나던 부귀영화도
다 흘러가 버린 강가

말라버린 고목 아래서
빈 강을 내려다보는
주름진 얼굴에
저녁 햇살이 붉다

내일

해가 진다
또 하루가 가고
우린 내일을 기약한다

그러나 알아라!
내일 역시 오늘임을

껍질

송해 선생님이 돌아가셨다.
향년 95세!

또 내 껍질이 한 꺼풀 날아갔다
머지않아 나의 속살이 드러나고
속살이 굳어서 누군가의 껍질이 되었다가
어느 날
그 누군가의 슬픔 속에
떨어져 나가겠지

떨어져 간
누구의 절절한 인생이었던
나의 껍질들을 봐서라도
뜨겁게 더 뜨겁게 살아야지

그래야 단단한 껍질이 되어
누군가의 삶을
따뜻하게 품어줄 수 있을 테니까

바람을 보았는가

바람을 보았는가
목련 꽃잎에 머무는가 싶더니
어느새 행장을 차리고
토담을 넘어 보리밭 위로
황황히 떠나가는 바람을 보았는가

보리밭 너머 무논에 이는
하얀 물여슬[1]
바람의 발자국을 보았는가

바람을 보았는가
하얀 물보라를 튀기며 쏟아지는
한여름 소낙비를 피하여
처마 밑 빨랫줄에 매달려
그네를 타고 있는 바람을 보았는가

빨랫줄 위
줄지어 앉아있는 제비들의

---

1 물여슬: 물 위로 바람이 불 때 물과의 마찰로 인해 생긴 파문으로 시각적으로 바람이 물과
   닿은 부분 만 하얗게 보인다

하얀 깃털을 헤집는
바람의 손길을 보았는가

바람을 보았는가
파란 하늘 서늘한 공간
귓전을 스쳐 지나가
동구 밖 미루나무의 노란 잎으로
일제히 갈채하며
깔깔대는 바람을 보았는가

뚝 떨어지는 낙엽 하나
바람의 한숨을 보았는가

바람을 보았는가
별도 없는 찬 밤
추위에 떨며 문풍지에 매달려
우짖더니
끝내 찢어진 창호지 문구멍으로
득달같이 밀고 들어와
호롱불로 달려드는 바람을 보았는가

뒤뜰 감나무 낙엽들과
몰려다니며 나누는
바람의 은밀한 이야기를 들었는가

고향역!
서너 명의 손님을 싣고
마지막 밤 열차가 떠나간
냉기 도는 설렁한 대합실에서
개찰구를 하염없이 바라보다
힘없이 돌아가는 바람을 보았는가

이 밤도
혼자 지새울 외로움에
축 처진 어깨로
불 꺼진 골목을 기웃대는
바람의 뒷모습을 보았는가